BEA Y GUILLE

BEA ESCONDE LA BICICLETA

María Menéndez-Ponte · Emilio Urberuaga

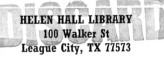

BEA

Yo soy Bea, la magnífica,
la única, la mejor.
Tengo seis años
y mi vida era perfecta.
Hasta que apareció Guille.
Ahora es diferente.
No sé si mejor o peor,
juzgadlo vosotros.

GUILLE

Y este, pues es Guille.
El entrometido.
El "perfecto".
El pequeño de la casa.
El mimado...
Bueno, mi hermano.

El responsable de que yo haya dejado
de ser la mimada, la pequeña...

Estoy harta, harta y requeteharta.
Guille me está dejando sin juguetes.
Me ha perdido no sé cuántas cosas
del supermercado.

Y me ha roto la noria
de Pin y Pon.
Y me ha mezclado
todas las plastilinas.
Ahora es una bola
tutti frutti.

Y se ha cargado a mi gatito. ¡Buaaa!
Era monísimo.
Blanco, con pelo de angora, supersuave.
Andaba y maullaba si dabas palmadas...
¡Hasta que lo ha destripado!

El abuelo dice que, de mayor,
va a ser un "manitas".
Pero yo no quiero que haga carrera
a costa de mis juguetes.

Por eso, por mi cumple he pedido
una bici enorme,
para que él no pueda usarla.

Lo malo es que la bici es tan grande
que casi no le llego a los pedales
y me da miedo montar en ella.

–¿Quieres que llevemos la bici al parque?
  –me pregunta papá.
–No, prefiero llevar el patinete –respondo.

–Nunca quieres montar en la bici
  –dice Guille.

–Sí que quiero, pero hoy no.
–Podríamos hacer carreras –insiste.

Guille tiene una bici sin pedales
y va a toda pastilla.
–Sí, vaya, con esa birria de bici... –le digo.
–No es una birria, corre un montón. Mira...

Me da mucha rabia que Guille me gane
siendo más pequeño.
–Sin pedales está chupado –digo,
 para quitarle mérito.
–A los Reyes les voy a pedir
 una con pedales –dice él.

¡¡¡Aaaaaghhhh!!!
Solo falta que Guille aprenda a montar
antes que yo.
–Todavía eres pequeño –le digo.
–No lo soy. Tengo tres años.

Me arrepiento de haber pedido
una bici tan grande.
¡Solo para que él no pudiera cogérmela!

Tengo que aprender
antes que él.
Mañana lo intentaré.

Mañana parece muy lejos, pero llega enseguida.
Sobre todo cuando no quieres que llegue.

–¿Vas a montar hoy en la bici? –me pregunta
  Guille.
Noto que me convierto en remolacha.
Me ahogo. Siento ganas de devolver.

–No me encuentro bien –digo.
Mamá me toca la frente.
–No tienes fiebre.
–Es que me duele la rodilla –miento.

Uf. El falso dolor me ha salvado
de la bici por esta vez.
Pero la bici sigue ahí, recordándome
a cada momento que Guille va a aprender
antes que yo.

Cuanto más miro mi bici,
más grande me parece.
Me gustaría que desapareciera
por arte de magia.

Entonces me acuerdo de Juan.
Es un vecino muy simpático
que vive en un chalet.
Seguro que me dejará esconder la bici
en su garaje.

¡Yupiii! Ahora mi bici está en el garaje
de Juan, tapada con una lona.
Es nuestro secreto.
Le he dicho que no quería
que me la estropearan.

Al día siguiente,
Guille grita en el cuarto de las bicis:
–¡Han robado la bici de Bea!
Noto que me pongo colorada.

Me siento fatal por el engaño.
Pero continúo con la mentira.
–Vaya, justo tenía que ser la mía
  –me hago la enfadada.

–Iré a hablar con los vecinos –dice papá,
  preocupado.
Cada vez me siento peor.
¿Y si se entera Juan?
Me dan ganas de contar la verdad,
pero se niega a salir.

¡Menudo revuelo se ha formado
en la vecindad!
Todo el mundo habla del robo de mi bici
y me compadece por la pérdida.
Me siento horrible. Quiero desaparecer.

Pasa un día, y otro, y otro...
–Bea, creo que tienes algo que decirnos
  –dice mamá, muy seria.
Entonces me echo a llorar.
El hipo casi no me deja hablar.

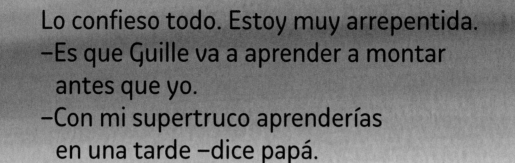

Lo confieso todo. Estoy muy arrepentida.
–Es que Guille va a aprender a montar
  antes que yo.
–Con mi supertruco aprenderías
  en una tarde –dice papá.

Papá tiene un brazo invisible
que sujeta todo el rato el sillín.

No lo suelta ni un segundo.
¡Yupiii! ¡He aprendido antes que Guille!

María Menéndez-Ponte

Nació en La Coruña. Comenzó la carrera de Derecho en la Universidad de Santiago de Compostela. Antes de terminarla se casó, tuvo su primer hijo y se mudó con su familia a Nueva York, donde vivió durante cinco años y se licenció en la Universidad Nacional de Educación a Distancia. Después se fue a vivir a Madrid, donde se licenció además en Filología Hispánica. En la década de los noventa comenzó su labor de escritora, tanto de novelas como de cuentos y relatos cortos, fundamentalmente orientados a la literatura infantil y juvenil. Muchos de sus libros son grandes éxitos de ventas, como *Nunca seré tu héroe*, por el que obtuvo el Libro de Oro en el 2006 al superar los 100.000 ejemplares vendidos, y que en la actualidad cuenta con más de cuarenta ediciones en distintas colecciones. Y lo mismo ocurre con los libros de Pupi, un personaje muy querido entre los niños que tiene varias colecciones. También ha trabajado en numerosos libros de texto, proyectos musicales, guiones y artículos para la revista *Padres y Maestros* y el periódico *Escuela*.

Emilio Urberuaga

Por lo que se intuye en el autorretrato, Emilio Urberuaga no nació hace cuatro días. Aunque este hecho tampoco es importante. Lo que sí se sabe es que es madrileño. De nacimiento y porque vive en esta ciudad. Y parece que le gusta. O se ha acostumbrado, que viene a ser lo mismo. Entró en el mundo laboral en una profesión muy diferente y tuvo la valentía (o la insensatez) de abandonarla para dedicarse a la ilustración. No sabemos qué opinaron en su casa, pero sí sabemos lo que ganó el mundo del libro. Ha colaborado con muchos escritores y escritoras, y de esas colaboraciones han nacido personajes tan entrañables como Manolito Gafotas, Gilda, la oveja gigante o, ahora, Bea y Guille. El mayor premio que ha recibido es dibujar cada día en su estudio madrileño.

Primera edición: setiembre de 2017

Diseño y maquetación: Edu Simmoneau
Edición: David Monserrat
Dirección editorial: Iolanda Batallé Prats

© 2017 María Menéndez-Ponte, del texto
   (Autora representada por IMC Agencia Literaria)
© 2017 Emilio Urberuaga, de las ilustraciones
© 2017 la Galera, SAU Editorial, de esta edición

Casa Catedral®
Josep Pla, 95 – 08019 Barcelona
www.lagalera.com / lagalera@lagaleraeditorial.com
facebook.com/editoriallagalera / twitter.com/editorialgalera

Impreso en Egedsa
Depósito legal: B–13.323–2017
Impreso en la UE
ISBN: 978–84– 246–6077– 2